ソロモンの白いキツネ

ジャッキー・モリス
千葉茂樹＝訳

あすなろ書房

THE WHITE FOX
by Jackie Morris

イラストレーション
木内達朗

ブックデザイン
城所潤+大谷浩介
（ジュン・キドコロ・デザイン）

1

　そのキツネがやってきた日から、ソルのなにかがかわりはじめた。

　それは白いキツネだった。だれにもなつかない、都会でまいごになった、ひとりぼっちのキツネ。ぼくとおなじだ。父さんからそのキツネの話をきかされたとき、ソルはそう思った。仕事から帰ってきた父さんと、おそい晩《ばん》ごはんを食べているときのことだった。

　ひとりぼっちといっても、ソルには父さんがいるのだから、まったくおなじというわけではない。でも、父さんはいつだっていそがしい。ソルのことを理《り》解《かい》しようと、わざわざ話す時間をとったりしてくれない。

「仕事仲間たちが最初にそいつを見かけたとき、てっきりネコだと思ったらしい。ネコどもは、夜になると波止場《はとば》をわがもの顔で歩きまわってるからな」父さんはそういった。「ところが、ひとりが常夜灯《じょうやとう》のあかりではっきり見たっていうんだ。かげからかげにうつるところをな。ホッキョクギツネだとさ。おとなのキツネで、すごくきれいだったそうだ。波止場《はとば》で一匹《ぴき》、だれにもたよらずに暮《く》らしてる。びっくりだよな」

ソルは波止場《はとば》を歩く、野生の白いキツネを想像《そうぞう》してみた。波止場《はとば》ではたらく人たちの残飯をあさり、ネズミでもつかまえているんだろうか。

「どこからきたんだと思う?」ソルはたずねてみた。

「さあな」父さんは肩《かた》をすくめながら答えた。「動物園からにげたのかもな。まったく、ふしぎな話だよ。ところで、きょうもばあちゃんから、ハガキがきたのか?」

「うん」時計みたいに正確《せいかく》に、水曜日には、ばあちゃんから絵ハガキか手紙がとどく。ふるさとのばあちゃんから。

ソルは今週の絵ハガキをわたした。

「おもしろいじゃないか」その絵ハガキをひっくりかえした父さんがいった。

そこにはイヌイットの画家が描《か》いた、だいたんなタッチのホッキョクギツネの絵があった。父さんはそのぐうぜんにほほえんだ。「読んでもいいか？」

ソルは手をのばして、ハガキをとりもどした。かっちりとした、力強い字で書かれた文章にざっと目をとおす。ばあちゃんからの便りは、自分で読みたい。

「ふたりとも元気ですか？　だってさ。学校のこともきいてる。ぼくの誕生日《たんじょうび》のプレゼントを用意したから、とりにこないかっていってるよ。そのプレゼントがなになのかは書いてない。それと、じいちゃんは、だんだんひとりで釣《つ》りにいくのがたいへんになってるってさ。だから、おいでって。でも、ふたりとも元気みたいだ」

父さんは窓《まど》の外をじっと見ている。なんだか、とちゅうからきいていなかったようだ。

「もうすぐ誕生日《たんじょうび》か。なにがほしいんだ？」

2

それから、三日がたった。正確《せいかく》にいうと、三回分の夜だ。昼間は学校でただ時間をやりすごすだけ。うつむいて、いじめっ子たちの目にとまらないようにする。だらだらつづくつまらない授業中《じゅぎょうちゅう》は、心が遠くへさまよいださないように気をつけている。

夜になると、学校からはなれ、家からもはなれて、ソルは波止場《はとば》のコンテナのあいだを歩きまわった。ソルには目的があった。

波止場《はとば》ではたらく人たちは、ソルをよく知っていた。夏休みなど、学校が長い休みのあいだには、ソルは父さんといっしょに波止場《はとば》ではたらいた。

でも、この三晩《ばん》、ソルは人目をさけ、キツネがかくれていそうな、暗い場所ばかりをさがしまわった。

アカギツネは二匹《ひき》ほど見かけた。みすぼらしい、やせこけたキツネたちだ。野良《のら》ネコもいる。やせた気の荒《あら》いネコたちで、ソルがそばによると威嚇《いかく》の声をあげ、ひっかこうとする。でも、ホッキョクギツネの気配はどこにもなかった。

三日目の夜、ソルは古い桟橋《さんばし》にすわっていた。すぐそばには、巨大《きょだい》な昆虫《こんちゅう》のようなふしぎなかたちのクレーンがそびえ立っている。ソルは、うわさのホッキョクギツネが、どうやって、こんなところまでたどりついたんだろうと、いろいろ想像《そうぞう》してみた。

ものすごく遠いところからやってきたんだ。別の世界といってもいいほどの。そこは、ばあちゃんやじいちゃんが暮《く》らす世界だ。そしてそこは、ソルが心の底からいきたいとねがっている場所でもある。その強い思いは、ときに怒《いか》りにかわった。思いたったらすぐとんでいきたい場所なのに、長いあいだずっといったことがない。いこうよ、とさそうたび、父さんは、なんやかんやといいけないいいわけをする。

ソルは長い時間、そこにすわっていた。けっきょく、なにも見つからない。ソルは、波止場《はとば》の人たちが見まちがえたんだろうと思いはじめた。遠目に見た野良《のら》ネコが、キツネに見えたのかもしれない。

ピュージェット湾《わん》は、茶色にきたなくよどんでいる。あたりは奇妙《きみょう》なくらいしずかだ。ソルは石のようにじっと動かず、もの思いにしずんでいた。そのとき、目のはしでなにかが動いた。ものかげを白いものが走ったかと思うと、ぴたりと動きをとめた。

白いキツネだ！

目が炎《ほのお》のように光っている。

ソルは見つめた。顔が熱くほてるのがわかった。その小さな白い生き物に意《い》識《しき》を集中させると、心臓《しんぞう》の鼓動《こどう》がはやくなった。この景色にはまるでそぐわない、ふしぎな生き物だ。ソルは息をするのもわすれた。こんな都会に、雪のにおいがただよってくるような気がした。

キツネが近づいてきた。

ソルのなかに、仲間の魂《たましい》を感じとったのかもしれない。

いや、ひとり、石のように動かないソルに、気づいていないだけなのかもしれない。

ソルのことを、景色の一部だと思っているのかもしれない。

空腹《くうふく》のあまり、おそろしいのもわすれて、食べ物をねだろうとしているのかもしれない。

キツネは姿勢《しせい》を低くして、すこしずつソルに近づいてくる。ソルはゆっくりとバッグに手をいれ、ピーナツバター・サンドイッチをとりだした。

キツネは足をとめ、においをかいでいる。不安そうにびくびくと左右の前足をあげたりさげたりする。ソルはサンドイッチをキツネのまえに投げた。キツネは白い稲妻《いなずま》のようにかけよると、サンドイッチをくわえて、かげのなかへと走りさった。

ソルは息を長く吐《は》きだした。ほんとうにいたんだ。シアトルの波止場《はとば》のどまんなかに、まいごになった場ちがいなホッキョクギツネが、ぽつんと一匹《ぴき》。まるで、ソルとおなじように。

3

ソルは三週間、波止場《はとば》にかよいつめた。

毎晩《まいばん》でかけては、すこしずつホッキョクギツネとの距離《きょり》をちぢめていった。

自分のことを信じてほしかった。ただ、キツネが自分を信じてくれたとしても、その先どうするかは考えていなかった。

でも、はじめてキツネを見たとき、心がうき立ち、ひりひりするような気がしたし、ことばにはできない絆《きずな》のようなものを感じたのはたしかだ。

キツネを見ていると心がしずまった。しんとしずかに。まるで、なにもかもが、そう、学校でのめんどうや、父さんとのいざこざなど、なにもかもが消える気がした。そして、この世でだいじなものは、自分とキツネだけだという感じがした。

昼のあいだ、ソルは心配でたまらなかった。キツネが見つかって、つかまってしまうのではないかと。動物愛護団体《あいごだんたい》の人たちが、波止場《はとば》の野良《のら》ネコをどんな風にわなでつかまえるのか、父さんからなんどかきかされていた。ちょくちょくあることとみたいだ。

父さんは、つかまったネコはシェルターで保護《ほご》されて、新しい飼《か》い主《ぬし》を見つけてもらうんだといっていたが、ソルはそうは思っていなかった。気が荒《あら》く、人につばを吐《は》きかけるようなネコを、だれがほしがるというんだろう。野良《のら》ネコたちがどうなるのか、ソルは別のことを考えていた。

水曜日の夜に、なにもかもがかわってしまった。ソルは夕食をかきこみながら、学校についてのくだらない質問《しつもん》に、ぶつぶつと答えていた。

その日、またばあちゃんからハガキがとどいていた。なんとかお父さんを説得して、誕生日《たんじょうび》プレゼントをうけとりにこないか、と書かれていた。もし、説得できなくても、ソルはもう、ひとりでやってこられるぐらい大きいんじゃないか、とも。

ソルが大いそぎでドアからとびだそうとしたところで、父さんが声をかけた。

「ああ、そういえば、まえに話したキツネのこと、おぼえてるか？」

ソルは、こおりついたようにとまった。吐《は》き気《け》がしてきた。

「うん、おぼえてるけど」

「きのう、つかまったぞ」

ソルの心臓《しんぞう》は、おそろしさのあまり、どくんと鳴った。

「だいじょうぶか？　顔が青いぞ。すわったらどうだ」

ソルはいすにすわった。

「あの、キツネ？」ソルはいった。

「そうだ。ネコを保護《ほご》するときのわなをかりてきて、しかけたんだ。餌《えさ》はピーナツバター・サンドイッチだそうだ。それが大あたり！　一発でつかまった」

涙《なみだ》がこみあげてきた。心臓《しんぞう》がはげしく打った。こぶしをぎゅっとにぎる。

「見にいくか？」父さんがたずねた。

ソルはうなずいた。口をひらくとなにをいいだすか、自分でも自信がなかった。

「よし、いこう」

4

父さんの古いステーションワゴンで波止場《はとば》までいった。そのあいだ、父さんはイカれた小鳥のように、しゃべりつづけた。ソルの頭には、なにひとつ、意味のあることばとして入ってこない。心をおちつかせて考えようとしているのに、父さんのことばがじゃまをする。

あれはぼくのキツネだ。ぼくのキツネがつかまった。

ふたりいっしょに事務所《じむしょ》に入った。父さんの仕事仲間が四人、集まってすわり、紅茶《こうちゃ》を飲んでいた。そして、事務所《じむしょ》のおくに、白いキツネが入った小さなケージがあった。見ひらかれたキツネの目は、部屋《へや》のなかで明るい炎《ほのお》のように光っていた。

「あんまり近づくなよ」恐怖《きょうふ》でこわばったキツネに近づくソルに、父さんが声をかけた。

ソルは必死で涙《なみだ》をこらえ、もどかしい気持ちと、恐怖《きょうふ》とたたかった。男たちはおしゃべりをしているが、キツネとおなじくらい興奮《こうふん》しているようだ。

ソルは数センチ近よった。自分はいったいなにを期待していたんだろう？このキツネと友だちになって、飼《か》いならそうとしていたんだろうか？父さんと住むアパートで飼《か》うつもりだった？それとも、北極圏《ほっきょくけん》のふるさとに帰してやる？ソルはケージのまえでがくんとひざをついた。すると、キツネのふるえがとまり、やせた体を鉄格子《てつごうし》におしつけ、腰《こし》をおろしてソルを見た。

部屋《へや》じゅうがしずまりかえっていた。

「あれを見ろよ」ソルの父さんがいった。ソルがふりむくと、部屋《へや》にいたみんながソルとキツネをじっと見ていた。「まるで、知り合い同士みたいじゃないか」

「この子はどうなるの？」ソルは涙《なみだ》をこらえ、絶望《ぜつぼう》で声がふるえないように気をつけながらたずねた。

「さあ、どうだろうな。野良《のら》ネコ係の連中に電話をしてみたんだが、ネコじゃなきゃ、なにもできないとさ」父さんの仕事仲間のひとりがいった。「警察《けいさつ》か、動物愛護団体に電話してみろといわれてな。動物愛護団体《あいごだんたい》は、ペットしかあつかわないっていうから、警察《けいさつ》に電話した」

じっときいているソルは、おそろしさに心臓《しんぞう》が口からとびだしそうな気がした。

「最初、警官《けいかん》は笑ってたよ。いたずら電話だとでも思ったんだな。ホッキョクギツネがアラスカからシアトルまでやってくるなんて、考えられないだろ？でも、そのあと、『外来種』だから撃《う》ち殺しにくるっていってた」

「だ、だ、だめだよ、そんなの……。父さん、やめさせてよ」ソルはぴょんと立ちあがると、父さんの腕《うで》をつかみ、乱暴《らんぼう》にふりながらいった。「そんなことさせちゃ、だめだ」

これほどおそろしくて、これほど無力感におそわれたのは生まれてはじめてのことだった。

「ちょっとまてよ、おちつけって」男のひとりがいった。「よくきくんだ。さあ、おちついて」

ソルとおなじように、キツネもまたふるえはじめた。そして、興奮《こうふん》して鉄格《てつごう》子《し》に体をぶつけている。キツネがケージの下の絨毯《じゅうたん》をかきむしる音が、部屋《へや》じゅうにひびいた。

「だれも、おまえさんのキツネを撃《う》ったりしないさ」

「どういう意味なんだ？『おまえさんのキツネ』って」父さんがきいた。

「なあ、ベン。ここ数週間、おまえの息子《むすこ》が夜ごと、どこにいってたと思うんだ？」その男がいった。「この子は、聖人《せいじん》なみにがまん強かったよ」

父さんはソルを見た。

「どういうことなんだ、ソル？」

でも、ソルには答えられなかった。ソルは白いキツネがいるケージのまえで、

● この本の書名(　　　　　　　　　　　　　　　　　　　　　　　　　　　)
● この本を何でお知りになりましたか?
1 書店で見て　2 新聞広告(　　　　　　　　　　　　　　　　　新聞)
3 雑誌広告(誌名　　　　　　　　　　　　　　　　　　　　　　　)
4 新聞・雑誌での紹介(紙・誌名　　　　　　　　　　　　　　　　)
5 知人の紹介　6 小社ホームページ　7 小社以外のホームページ
8 図書館で見て　9 本に入っていたカタログ　10 プレゼントされて
11 その他(　　　　　　　　　　　　　　　　　　　　　　　　　　)
● 本書のご購入を決めた理由は何でしたか(複数回答可)
1 書名にひかれた　2 表紙デザインにひかれた　3 オビの言葉にひかれた
4 ポップ(書店店頭設置のカード)の言葉にひかれた
5 まえがき・あとがきを読んで
6 広告を見て(広告の種類〈誌名など〉　　　　　　　　　　　　　)
7 書評を読んで　8 知人のすすめ
9 その他(　　　　　　　　　　　　　　　　　　　　　　　　　　)
● 子どもの本でこういう本がほしいというものはありますか?
(　　　　　　　　　　　　　　　　　　　　　　　　)
● 子どもの本をどの位のペースで購入されますか?
1 一年間に10冊以上　2 一年間に5~9冊
3 一年間に1~4冊　4 その他(　　　　　　)
● この本のご意見・ご感想をお聞かせください。

※ご協力ありがとうございました。ご感想を小社のPRに使用させていただいてもよろしいでしょうか　(1 YES　2 NO　3 匿名ならYES)
※小社の新刊案内などのお知らせをE-mailで送信させていただいてもよろしいでしょうか　(1 YES　2 NO)

郵便はがき

料金受取人払郵便

牛込局承認

3055

差出有効期間
令和7年1月9日
切手はいりません

162-8790

東京都新宿区
早稲田鶴巻町551-4

あすなろ書房
愛読者係　行

■ご愛読いただきありがとうございます。■

小社のホームページをぜひ、ご覧ください。新刊案内や、話題書のことなど、楽しい情報が満載です。
本のご購入もできます➡http://www.asunaroshobo.co.jp
（上記アドレスを入力しなくても「あすなろ書房」で検索すれば、すぐに表示されます。）

■今後の本づくりのためのアンケートにご協力をお願いします。

お客様の個人情報は、今後の本づくりの参考にさせて頂く以外には使用いたしません。下記にご記入の上（裏面もございます）切手を貼らずにご投函ください。

フリガナ お名前	男・女	年齢　　歳
ご住所　〒		お子様・お孫様の年　　歳
e-mail アドレス		
●ご職業　1主婦　2会社員　3公務員・団体職員　4教師　5幼稚園教員・保育士　6小学生　7中学生　8学生　9医師　10無職　11その他（　　　）		

※引き続き、裏面もご記入ください。

せいいっぱい背筋《せすじ》をのばして立ちふさがった。涙《なみだ》が伝いおちるのがわかったけれど、もう気にしてなどいられない。

「ぼくのキツネは、だれにも撃《う》たせたりしないから」ソルはいった。涙《なみだ》を流し、心のなかは恐怖《きょうふ》でいっぱいなのに、その声はしっかりしていて、ゆるぎがないと感じた。

「ああ、わかったよ」男のひとりがいった。「こいつを撃《う》たせたりしないから。まあ、きいてくれ。警察《けいさつ》に電話したチャーリーじいさんは、ちょっとまってくれといって、そこいらのものを強くたたいて音をだしたんだ。それからもういちど受話器をとると、たったいま、キツネがにげちまったっていったのさ。弾《たま》をむだにしなくていいってな。おまえさんのキツネは安全だよ。けどな、もし、ケージからだしたら、所轄《しょかつ》の警官《けいかん》の半分ほどが、すぐにでもおしかけて、訓練代わりにキツネ狩《が》りをはじめるぞ。さあ、どうする?」

全員がソルの父さんを見た。父さんはソルを見た。

「このキツネは、ふるさとに帰してやらなきゃ。アラスカに。ぼくたちで。父さんは、誕生日《たんじょうび》になにがほしいってきいたよね？」

「ちょっとまてよ。誕生日《たんじょうび》プレゼントにキツネなんてむりだぞ。この子は野生動物なんだ。ペットじゃない」

「そうじゃないんだ。きいて」ソルは背筋《せすじ》をのばし、まっすぐに父さんの目を見つめていった。「父さんは、なにがほしいかきいたでしょ。ぼくはふるさとに帰りたい。ばあちゃんとじいちゃんに会いに。もう、ずいぶん長く会ってないから。キツネを飼《か》えないことはわかってるよ。どっちみち、父さんのものでもないんだから、ぼくにプレゼントなんてできないし。でも、この子はふるさとに帰してやらなきゃだめだ。ここまでどうやってきたのかはわからないけど、ここにいるべきじゃないのはたしかなんだから。この子は野生の世界の生き物なんだ。ぼくとこの子をふるさとにつれていって。おねがいだから」

5

ソルと父さんは、ペットショップでひとまわり大きなケージを買い、車のうしろの荷室につみこんだ。

二日後、父さんの仕事と学校の予定を調整して、北へと旅立った。ソルと父さん、そして野生の白いキツネとで。

六日間の旅だった。ソルが生まれて十二年、これほど長いあいだ、父さんといっしょにすごしたことはなかった。

最初のうち、ふたりのあいだには気まずい沈黙《ちんもく》があった。ソルは出発まえに図書館でかりた本をもってきていた。『アラスカの動物と鳥』だ。北にむかって進む車中で、ソルはホッキョクギツネの章を、声にだして読んだ。

「ホッキョクギツネって、ふつうのアカギツネにくらべると、ずっと北でも生きていけるんだって。アカギツネとテリトリーが重なるところでは、体が小さいホッキョクギツネがいじめられる。だけど、体が大きいってことは、食べ物もたくさん必要ってことで、アカギツネは、ホッキョクギツネなら生きていける土地でも暮《く》らせないんだって」

夜は通りがかりに見つけた安モーテルに泊《と》まった。キツネを部屋《へや》に運ぶときには、まるでなにか極秘任務《ごくひにんむ》でもおこなっているような気分になった。もし、だれかに見つかったら、とりあげられるかもしれない。毎晩《まいばん》、キツネの無事を確認《かくにん》すると、そのよろこびで、ふたりの距離《きょり》もちぢまるようだった。

車が走っているあいだ、ソルはときどきうしろの荷室に移動《いどう》して、キツネが元気かたしかめた。そして、ケージのそばで横になって本を読んだ。しばらくすると、キツネが近よってきて、鉄格子《てつごうし》にもたれるように丸くなった。しっぽで鼻をおおい、明るい目でソルをじっと見る。ソルは、このキツネがシアトルの波止場《はとば》までどのようにやってきたのか、空想することもあった。

二日目になると、ふたりはこれまでの数年間の沈黙《ちんもく》をうめるようにしゃべりはじめた。

「ぼく、よくおぼえてないんだ」ソルはいった。

なんのことなのかいわなくても、父さんにはわかった。

「それでね、ときどき、わすれてしまったのが、うしろめたい気がする。顔も声もにおいも、なんにもおぼえてない」ソルはため息をついた。心が痛《いた》む。

「ほんとうは、ちゃんとおぼえていなければいけないのに、ぽっかり穴《あな》があいてるみたいなんだ」

「おまえは、まだ二歳《さい》だったからなあ。母さんが車にはねられたとき」

そのあとしばらく、ふたりはだまったままだった。それから、父さんが話しはじめた。

「おまえの顔を見るたび、毎日母さんを思い出すよ。すごく似《に》てるんだ。そう、毎日思い出す」

ソルは運転する父さんの横顔を見た。ソルはわすれてしまった母さんのことを考えた。そして、父さんがかかえているすべての思い出のことを。そうやって、父さんの顔を見ているいま、ソルははじめて、ほんとうに父さんの顔を見たという気がした。

「毎日、毎日、母さんを思い出して……」父さんはつづけた。「毎日、毎日、罪《つみ》の意識《いしき》にさいなまれる。母さんはシアトルにきたいと思ったことなど、いちどもなかった。おれはまちがってた。シアトルでなら、もっと幸せになれると思ったんだ。収入《しゅうにゅう》もあがるし、いい仕事にもつける。それに、おまえもいい学校にかよわせることができるってな」

ソルは口をはさまなかった。父さんはつづけた。

「おれたちはずっといっしょに育った。そう、幼《おさな》なじみだったんだ。うちの家族は、おれがいまのおまえの年だったころにひっこしてしまった。学校をおえると、おれはすぐにもどったよ。母さんをほかの男にとられてしまうんじゃないかって、心配で。だけどな、会った瞬間《しゅんかん》、おたがいに運命を感じたんだ」

すぐれた詩人の名詩を味わい、理解を深めるシリーズ

「日本語を味わう名詩入門」

萩原昌好 編

- 各1,650円（10%税込）
- 平均100ページ
- 小学校中学年～中学・高校生向き

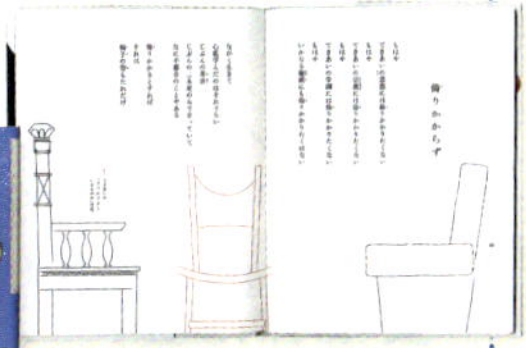

⑯「茨木のり子」（藤本 将 絵）より

① 宮沢賢治　唐仁原教久 絵
② 金子みすゞ　高橋和枝 絵
③ 八木重吉　植田 真 絵
④ 山村暮鳥　谷山彩子 絵
⑤ 立原道造　堀川理万子 絵
⑥ 中原中也　出久根 育 絵
⑦ 北原白秋　メグホソキ 絵
⑧ 高村光太郎　田中清代 絵
⑨ 萩原朔太郎 室生犀星　長崎訓子 絵
⑩ 丸山薫 三好達治　水上多摩江 絵

⑳「まど・みちお」（三浦太郎 絵）より

⑪ サトウハチロー　つちだのぶこ 絵
⑫ 草野心平　秦 好史郎 絵
⑬ 高田敏子　中島梨絵 絵
⑭ 山之口貘　ささめやゆき 絵
⑮ 石垣りん　福田利之 絵
⑯ 茨木のり子　藤本 将 絵
⑰ 新川和江　網中いづる 絵
⑱ 工藤直子　おーなり由子 絵
⑲ 谷川俊太郎　渡邉良重 絵
⑳ まど・みちお　三浦太郎 絵

あすなろ書房
〒162-0041
東京都新宿区早稲田鶴巻町551-4
Tel：03-3203-3350
Fax：03-3202-3952

● 小社の図書は最寄りの書店にてお求め下さい。お近くに書店がない場合は、代金引換の宅配便でお届けします（その際、送料が加算されます）。お電話かFAXでお申し込み下さい。表示価格は2024年4月1日現在の税込価格です。

http://www.asunaroshobo.co.jp

あすなろ書房の本

［10代からのベストセレクション］

『いつかきっと』（クリスチャン・ロビンソン 絵）より

父さんは道路わきのレストランに車をよせた。

「コーヒーを飲むけど、おまえもなにか飲むか？」

ソルは首を横にふった。いまほしいのは、父さんからきいた話をじっくりかみしめる時間だ。

「じゃあ、キツネのようすを見ててくれ。すぐにもどるから。ばあちゃんに電話するよ。順調にそっちにむかってるってな」

うおとなが。子どもの人生だって、そんなに気楽で楽しくなんかないのに」

それから、思わず本音があふれだした。

「ぼくの身にもなってよ。あの学校は大きらいだ。いやだけど、がまんしなくちゃいけないから、がまんしてる。友だちはいないし、みんな、ぼくをきらってる。ううん、ちがうな。きらってるわけじゃない。ぼくのことがこわいんだ。見た目がちがうから。黒い髪《かみ》に黒い目だし。考えかたもちがってる。みんなはぼくのことを『シャーマン・ボーイ』って呼《よ》ぶんだ。呪術師《じゅじゅつし》のシャーマンだよ。そして、ぼくのなかには悪魔《あくま》がいるっていうんだ」

ソルは息をするために、ことばを切った。どこからこんなことばがでてきたんだろうとふしぎに思いながら。これまで、なんとかひとりで一日一日をやりすごしてきたのに。でも、いちど口からでたことばは、もとにもどせない。それでいいと思った。子どもだからって、人生が気楽で楽しいなんてことはない。ただおとなが、そうあってほしいと考えているだけだ。

父さんがソルに顔をむけた。

「学校にいって、校長と話をしようか？」

「ぜったいだめだよ」

そんなの最悪だ。

7

まる六日のあいだ、よりそって旅をつづけるうちに、ソルと父さんは、おたがいにすこしずつわかりあうようになっていた。

でも、ソルのじいちゃん、ばあちゃんの家に着いたとたん、ふたりのあいだに、またすこしばかり距離《きょり》ができてしまった。

じいちゃんとばあちゃんは、そんなふたりのようすを見て、ソルと父さんにおちつく場所を用意した。それは、かんたんな食事ののったテーブルだった。

ばあちゃんはソルに旅のこと、白いキツネのことをたずねた。

そして、食事がすむと、みんなでキツネのようすを見に外にでた。

「おやまあ」ばあちゃんはいった。「おかえりなさい。長旅のわりには、彼女《かのじょ》は元気そうじゃないか」

「彼女《かのじょ》！」父さんとソルは同時に叫《さけ》んだ。

「ああ、そうとも。まちがいないさ。この子はメスだよ。考えもしなかったようだね」

ソルはばあちゃんを見てほほえんだ。ばあちゃんがソルを見かえすその表情《ひょうじょう》に、なにか秘密《ひみつ》があるなと感じとった。このキツネについての秘密《ひみつ》だ。でも、その秘密《ひみつ》をききだすには、あせってはだめだ。そして、ばあちゃんの表情《ひょうじょう》から、その秘密《ひみつ》が、なにか心の深い部分にかかわるものだというのがわかった。

ソルと父さんは一週間滞在《たいざい》する予定だった。そのあいだに、町から遠くはなれた場所にキツネをはなし、それからシアトルにもどる。

そこで、ある日の朝、四人は森へと入っていった。長い冒険《ぼうけん》の一日になるはずだ。

ここならよさそうだという場所を見つけると、バックドアをあけ、荷室にのせたままケージの入り口をあけた。四人は、すこしはなれた白樺《しらかば》の木のそばに立って、ようすを見た。

しばらくすると、白いキツネはケージからでて、まわりを見まわした。波止《はと》場《ば》やクレーン、コンテナのかわりに、高い木が生い茂《しげ》り、やわらかそうな地面がひろがっている。空気には地面をおおう雪のにおいが満ちていた。キツネは荷室からとびおりると、ふりかえりもせず、森のおくへと消えていった。

遠ざかるキツネを見ているうちに、ソルはまわりの自然に強くひかれていった。

ばあちゃんはキツネにむかってそっと手をあげ、なにかつぶやいたようだった。ソルには「ありがとう」ときこえた。

父さんはそんなようすをほほえみながら見ていた。あの小さなキツネが、家族をふたたび結びつけてくれたふしぎを思いながら。

8

ソルはじいちゃんとばあちゃんの家がとても気にいった。ごちゃごちゃと乱《らん》雑《ざつ》なのも、家が建っている場所もすごく気にいった。庭は広く、ひとりになりたければ、身をかくすスペースも十分にあった。

古い家には、滑石《かっせき》や蛇紋石《じゃもんせき》、クジラの骨《ほね》や、鹿《しか》の角を彫《ほ》った生き物があふれていた。クマや黒いくちばしのアビ、ジャコウウシやアザラシ、セイウチの彫《ちょう》刻《こく》があった。そして、もちろん、ホッキョクギツネの彫刻《ちょうこく》も。

このたくさんの彫刻《ちょうこく》はどうしたの、とたずねると、ばあちゃんはにっこりわらって、自分の頭の横を軽くたたたいた。

「ついておいで」ばあちゃんはそういうと、家をでて、こぢんまりとした物置小屋に入っていった。

こざっぱりした小屋のなかに木製《もくせい》の棚《たな》がいくつもあって、どの棚《たな》にも石の彫《ちょう》刻《こく》がぎっしりならんでいた。小屋のまんなかには火鉢《ひばち》がおいてあり、さまざまな道具がフックで壁《かべ》にかけられている。

棚《たな》のひとつに、一枚《まい》の写真が立てかけられていた。ソルはよく見ようと近づいた。赤《あか》ん坊《ぼう》をおぶった幸せそうな若《わか》い女の人の写真だった。白樺《しらかば》の森を背景《はいけい》に立っている白黒の写真だ。

ソルはその写真を手にとって、長いあいだながめた。ソルの母さんだ。そして、赤《あか》ん坊《ぼう》だったソル本人。たしかに、その女の人はソルによく似《に》ている。

はじめて見た写真なのになつかしさを感じるその人を見つめていると、ばあちゃんが話しはじめた。

「おまえのお母さんはね、彫刻家《ちょうこくか》だったんだ。お父さんからきいてないかい？ああ、でも、もうわかっただろ。はじめはわたしが手ほどきをした。まだ子どもだったころから、わたしの作業をじっと見ていて、やがていっしょに作りだした。でも、あっというまにわたしを追いこしてしまったよ。彫刻《ちょうこく》を学びに大学にもいったんだよ。このうち、いくつかはわたしが作ったものだけど、大半はおまえのお母さんが作ったものだ」

「すごいね」ソルは息をのんだ。「だけど、父さんは、どうして教えてくれなかったんだろう？」

「ああ、きっと、母さんを思い出させるものがまわりにあることに、たえられなかったんだろうね。シアトルで売れずにのこった彫刻《ちょうこく》は、全部ここへ送りかえしてきたんだ」

ソルはおどろきながら、見まわした。そして、ハンマーとのみを手にとった。しっくりと手になじむ。

「おまえも習ってみたいかい？」ばあちゃんがたずねた。

その返事は、ソルのえがおを見ただけではっきりわかった。

ソルをさがしにきた父さんは、ふたりが白い滑石《かっせき》にとりくんでいるのを見て、おどろいた。

「気をつけろよ」父さんがいった。「刃物《はもの》だからな。ソルはじゃまになりませんか？」

「いいや、ちっとも。どのみち、ここはこの子の場所なんだから。あなただって、はじめるのに、おそすぎるってことはないよ」


そして、一週間のはずだった滞在《たいざい》は二週間にのびた。

ばあちゃんとソルは、白い滑石《かっせき》を彫《ほ》りつづけた。しまいにはソルは、頭も体も、全身つかれきったが、石を彫《ほ》っているときには平和な気持ちに満たされ、手のマメなど、ちっとも気にならなかった。

ばあちゃんからは、石のなかにあるかたちを見つけだす方法を教わった。そして、そのかたちをうかびあがらせるために、よぶんな部分をとりのぞく方法も。ほかの人には見えない、石のなかにねむる動物を、のみで彫《ほ》りだしていく。

ふたりは作業をしながら語りあった。

石のこと。

道具のこと。

ソルの父さんのこと。

ソルの母さんのこと。

学校のこと。

そして、あの白いキツネのことを。

「おまえのお母さんはね」ばあちゃんがいった。「ホッキョクギツネと特別な絆《きずな》でむすばれていたんだよ。あの子が生まれた日の夜、この家の庭に、ホッキョクギツネが一匹《ぴき》立っていたんだ。そして、おなじことが、おまえが生まれた日の夜にも起こった。おまえたちは、この家ではなく、遠いところにいたんだけれどね。お母さんは、よくホッキョクギツネを見ていたよ。夢《ゆめ》のなかでもね」

「ぼくも、ホッキョクギツネの夢《ゆめ》を見たことがある。変な夢《ゆめ》だった。白いキツネが空をとんでるんだ」

ばあちゃんはほほえんだ。

「おまえのお母さんは、キツネを彫《ほ》るのがなによりも好きだった。そして、お母さんが彫《ほ》ったキツネは、まっさきに売れていったよ」そこでひと息つく。

「そんなにまえのことじゃないんだけどね、あれはたしかふた月ほどまえのことだった。夜、ねようとベッドに入ったら、ゴミ箱がたおれる音がしたんだ。てっきり、大きな年寄《としよ》りグマだと思ったよ。でも、外にでてみると、それはおなかをすかせた白いキツネだった。そこでわたしは、その夜から二、三日、その子のために食べ物をだしてやった。でも、ある日を境《さかい》に、キツネはすがたを消してしまった」

「どこにいったの？」ソルはたずねた。ばあちゃんは、なんでこんな話をしてるんだろうと、ふしぎに思いながら。

「森のおくへ帰っていったんだろうと思っていたよ。ところが、ゴミの運搬船《うんぱんせん》ではたらいているご近所さんが話してくれたんだ。その船は収集《しゅうしゅう》したゴミ箱ごと、海岸沿《ぞ》いにアラスカからシアトルまで運んでいるんだけど、あるとき、密《みっ》航者《こうしゃ》がいたみたいだっていうんだ」

ソルは作業の手をとめて、石によりかかるようにすわった。

「航海のあいだじゅう、おかしな音がきこえていたんだそうだ」ばあちゃんがつづける。「シアトルに近づくころには、船員のだれもが、ゴミ箱のなかで赤《あか》ん坊《ぼう》が泣いてるんだと思うようになっていた。そこで、これだと思うゴミ箱のふたをあけてみると、みすぼらしい、飢《う》え死に寸前《すんぜん》の白いキツネがとびだしたっていうんだ。キツネは船のおく深くへとにげこんで、そのあとはだれも見ていないってことだ。飢《う》えて死んでしまったと思う人も、なんとかシアトルに上陸したと思う人もいた。もしかしたら、そのキツネが、おまえがつれてきたキツネなのかもしれないね」

「キツネを送ったのは、ばあちゃんなんじゃないの？　あの子がぼくの誕生日《たんじょうび》プレゼントだったんじゃないの？」ソルはそういいながらも、自分でもおかしなことをいっているなと思っていた。

「ああ、そうかもしれないね」ばあちゃんはほほえんだ。「もしかしたら、あれはおまえのお母さんで、おまえとお父さんをここにつれてきてくれたのかもしれないよ。お父さんに、なにかを思い出させるためにね」

ソルには、物置小屋の外にいる父さんの声がきこえた。じいちゃんといっしょにわらっている。ソルは、父さんのわらい声を最後にきいたのはいつだっただろうと考えた。父さんがわらっているすがたなど、思い出せなかった。

9

そして、ついにシアトルに帰る日がやってきた。

「ようやく、おまえにプレゼントをわたせるよ」ばあちゃんがいった。「郵便《ゆうびん》で送らなくて、ほんとうによかった。もし、とちゅうでなくなりでもしたら、くやんでもくやみきれないからね」

ばあちゃんは箱をひとつソルに手わたした。どこにでもありそうな黒っぽくて重い箱だ。

「ほんとうは、何年もまえにわたすはずだったんだ。お母さんが生きてるあいだに作った最後の作品なんだよ。まだ、なかを見た人はいない。お母さんがおまえのために作ったんだ」

ソルはその箱を両手でしっかりもった。

母さんのものはなにももっていなかった。ましてや、自分のために作ってくれたものなんて。

ソルは箱をあけた。でてきたのは、鹿《しか》の角に彫《ほ》られた美しいホッキョクギツネだった。こまかなところまで、ていねいにしあげられている。

四人でいっしょに朝食を食べているあいだ、そのキツネはテーブルのまんなかにおかれていた。

朝食がおわると、父さんがソルに荷物をつめてくるようにいった。

「いやだ」

ソルは父さんを見ていった。「ぼくはいかない。ぼくはここにのこる。父さんもそうするべきだ。ぼくたちの居《い》場所はここなんだ。本当は、父さんもわかってるでしょ？」

じいちゃんとばあちゃんは、朝食の皿をかたづけに立った。そして、キッチンでなにかおもしろいものでも見つけたふりをして、もどってこずに、ソルと父さんだけにした。

「ここにいるわけにはいかないんだよ、ソル」父さんがいった。「おれには仕事があるし、おまえには学校がある」

「学校のこと、どう思ってるか、話したよね？　あの学校は大きらいだ。学校なら、ここにもあるよ」

「にげちゃだめだ。いじめっ子がいるからって、にげちゃだめなんだ。立ちむかって、たたかうんだ」

「にげだすんじゃないよ」ソルはおちついた声でいった。「ここは、ぼくのふるさとなんだ。それに、あいつらとたたかう必要なんてない。ぼくがいじめてくれってたのんだわけじゃないんだから。たたかいたくなんかないよ。あいつらとはかかわりたくもない。ここがぼくのふるさとで、ぼくはここにいたい。そして、父さんにもそうしてほしいんだよ」

父さんはソルを見た。賢者《けんじゃ》ソロモンにふさわしい知恵《ちえ》を、いつのまに身につけたんだろうと思いながら。

その日、父さんはひとりでシアトルにむかった。シアトルでの生活をきれいにかたづけるためにだ。

そして、つぎの日の朝、ばあちゃんは地元の学校にソルをつれていって、転入の手つづきをした。

初日から、ソルは緊張《きんちょう》することなくクラスになじんだ。この学校には、理由もなく攻撃《こうげき》をしかけてくるような生徒などひとりもいない。

夜は石や骨《ほね》を彫《ほ》って、心にうかんでくるものや、思い出をかたちにする方法を学んだ。学校を卒業したら、自分がなにになりたいのか、いまはもうはっきりわかっている。彫刻家《ちょうこくか》だ。

10

ある夜、ソルはじいちゃん、ばあちゃんといっしょに、暖炉《だんろ》のそばにすわっていた。ソルはいまも、シアトルの図書館でかりた北極圏《ほっきょくけん》の生き物についての分厚《ぶあつ》い本を読んで、動物たちのことを学んでいる。読みおわったら送りかえすつもりだ。ソルは立ちあがって、ばあちゃんにその本を見せた。キツネが食べ物を見つけるために、クマやオオカミのあとをついていくという文章を見せたかったからだ。

ばあちゃんは、本が気にいらないのか、そのページを見ようともしないし、手にすることさえいやがっているようだった。

「なあ、ソル」じいちゃんがふたりを見ながらいった。「ばあちゃんもわたしも、字が読めないいんだよ。習ったことがないいんだ。学校には、いちどもいったことがない」

「だけど、ハガキは？」ソルはたずねた。わけがわからない。「毎週、ハガキを送ってくれてたのに」

こんどはばあちゃんが話した。

「あれはね、読み書きができない者のために、代書をしてくれる友だちにたのんでたんだよ。遠くはなれたおまえたちと、なんとかして、つながっていたくてね。おまえからの返事も、その人のところにもっていって、読んでもらってたんだ」

「だけど、どうして？」ソルはもういちどいった。さっぱりわからない。読み書きなんて、だれだってできるものじゃないんだろうか。

「わたしたちが若《わか》かったころは、そんな人たちがいたんだよ。めずらしくはないんだ。学校にいく者もいれば、いかない者もいた。あの時代、政府《せいふ》はわたしたち民族の子どもをつれさって、キリスト教の学校へいれたんだ。そこで基礎《きそ》を教えこんだ。その子たちのなかには、親は死んだといわれて、養子になった子たちもいた。

わたしもじいちゃんも、獲物《えもの》を追って移動《いどう》しながら暮《く》らす部族の出身だ。なるべく政府《せいふ》からは距離《きょり》をおいて、むかしながらのやりかたで育てられたのさ。むかしながらのわたしたちの神様を信じてね。政府《せいふ》のなかには、そんなわたしたちのことを、動物よりもおとる存在《そんざい》だと考えた人もいた。わたしたちの生きかたを理解《りかい》しようとしなかったのさ。

わたしたちが学んだのは、学校では教えてくれないことだった。狩《か》りや、獲《え》物《もの》のさばきかた、それに土地や生き物を敬《うやま》うことなんかもね。わたしたちは、昼でも夜でも、目印のない広々《ひろびろ》とした土地で、まいごにならずに、いきたい場所へいける。それに、何世紀にもわたって伝えられてきた物語も学んだ。わたしたちは、むかしながらの生きかたを知っているんだよ。でも、読み書きはできない」

ソルはふたりが知っていることのすべてが、生活のなかから学びとったものなんだということを考えた。そして、自分がどれほどのことを本から学んできたかを考えた。これほどまでに文字が力をもった世界で、それなしに生きていくことのむずかしさを思った。

ソルは文字をどんなふうに使っているか、あらためて考えてみた。ちょっとしたメモひとつだって、書いておけば安心だ。もし文字がなかったら、みんなおぼえていなくちゃいけない。それはどれほどむずかしいことだろう。

そして、なにより、日々《ひび》の暮《く》らしがつらいとき、にげこむ場所になっていた本のなかの世界のことを思った。

ソルはばあちゃんの手から本をとり、ホッキョクギツネについての文章を、ふたりに読んできかせた。

読みおわったあと、しばらく三人は口をきかなかった。

「最初に父さんが作業場にいるぼくを見つけたとき、ばあちゃんはなんていったかおぼえてる？　ぼくに彫刻《ちょうこく》のやりかたを教えてたときのことだよ」

「なんていったかね？」ばあちゃんがいった。

「こういったんだ。『はじめるのに、おそすぎるってことはないよ』って。やりかたさえおぼえれば、読み書きだってそんなにむずかしくないんだ。ぼくが教えてあげる。図書館でやってる教室にかようことだってできるよ。ぼくもてつだうから。よろこんで教えてあげるよ。なにか新しいことをはじめるのに、おそすぎるってことはないんだから」

一時間ほど、三人はいっしょにすごした。まずはアルファベットのかたちを見せるところからはじめた。たったの二十六文字だ。多すぎるってことはない。それから、かんたんなことばを例にして、どのように文字がくっつきあうのかを説明した。

ふたりに教えてあげることがたくさんあって、ソルは心があたたかくなる気がした。そして、ふたりから教わることもたくさんあることに気づいて、わくわくした。

三人は、自分たちの民族に伝わる物語を、どんなふうに書けばいいのか話しあった。わすれさられないように、そして、みんなでわかちあえるように。

ソルはばあちゃんとじいちゃんの物語が、本になって世界じゅうの図書館におかれるところを想像《そうぞう》してみた。誇《ほこ》らしい気持ちでいっぱいになって、自然にほほえんでしまう。

11

その日の夜、ベッドにいくまえに、ソルは新たなわが家となったこの家のポーチにでた。あしたになれば、荷物を全部もって、父さんが帰ってくる。そして、いまこちらにむかっている父さんのことを思うと、父さんがいなくて自分がどれほどさびしかったのかに気づいた。

暗い庭のかげで白いものがちらっと動いた。ソルはあいさつするように手をあげた。ばあちゃんも外にでてきて、ソルのとなりに立った。

しばらくのあいだ、ふたりはだまって空でおどるオーロラを見つめていた。

「オーロラは、大きなキツネが雪の上を走りまわってできるんだっていう言い伝えがあるんだよ。しっぽでまいあがった雪が空高くのぼって、光りかがやくっていうんだ。でも、オーロラのなかにはかげもあって、そこには死者の魂《たましい》が宿っているとも信じられている。オーロラを見ている者たちに、魂《たましい》はいまもここにいるよって、伝えるためにおどっているんだよ」

庭のすみっこのかげに、燃《も》える炎《ほのお》のような色の目をした、小さな白いキツネが立っていた。そのキツネは、暗い空を見あげてほほえむソルとばあちゃんを、じっと見つめていた。

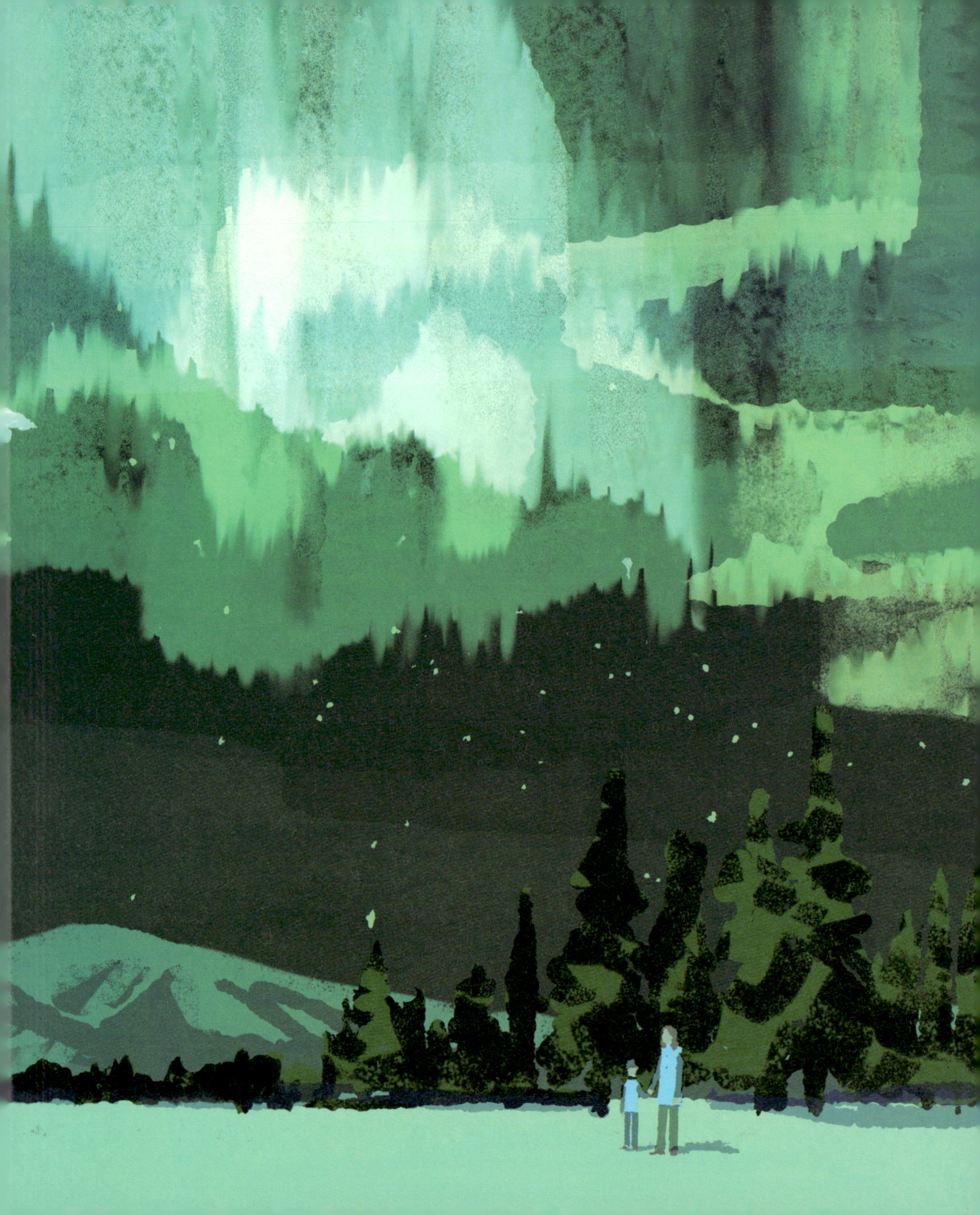

訳者あとがき

物語はアメリカ西海岸北部の都市、シアトルに、はるか北に生息しているはずのホッキョクギツネが姿《すがた》をあらわすところからはじまります。学校になじめず、ふたりで暮《く》らしている父親とも距離《きょり》を感じている主人公のソルは、ひとりぼっちで場ちがいな場所にいるその白いキツネを自分と重ね合わせて、なんとか近づこうとします。しかし、ある日、そのキツネは罠《わな》にかかってつかまってしまい……。

主人公のソルの正式な名前はソロモンですが、聖書《せいしょ》にも登場する古代イスラエルの賢王《けんおう》にちなんだ名前です。ソロモン王には、神から授《さず》かった指輪で動物と会話ができたという伝説もあり、白いキツネと心をかよわせるソルにも反映《はんえい》されているようです。

シアトルの学校では、髪《かみ》や目の色が黒いからといじめの対象になっているソルですが、「ふるさと」アラスカ地方で暮らす祖父母《くらすそふぼ》は、この土地に古くから住む先住民で、ソルの遠い祖先《そせん》は、わたしたち日本人とおなじモンゴロイドなのです。

本書はいくつもの悲しみに彩《いろど》られた作品です。ソルにも父さんにも、さらにはふるさとの祖父母《そふぼ》にもそれぞれさまざまな悲しみがあって、おたがいに心の奥《おく》にかくしたまま日々《ひび》を送っているのですが、場ちがいな場所に突如《とつじょ》あらわれた白いキツネによって、その悲しみが一挙に表面に浮《う》かび上がり、それらをぶつけあうことで新たな関係を築《きず》くことになるのです。

著者《ちょしゃ》のジャッキー・モリスは、イラストレーター、絵本作家としても活躍《かつやく》しており、生き物や植物を叙情性《じょじょうせい》たっぷりに描《えが》くことで定評《ていひょう》があります。本書でも、視覚《しかく》にうったえる生き生きとした描写《びょうしゃ》に、その感性《かんせい》が活《い》かされていると思います。

二〇一八年九月

千葉茂樹

ソロモンの白いキツネ

2018年10月30日　初版発行
2024年 8 月30日　 4 刷発行

著者　ジャッキー・モリス
訳者　千葉茂樹
発行者　山浦真一
発行所　あすなろ書房
〒162-0041 東京都新宿区早稲田鶴巻町551-4
電話 03-3203-3350（代表）
印刷所　佐久印刷所
製本所　ナショナル製本

ISBN978-4-7515-2933-1 NDC933 Printed in Japan